Pai contra mãe

textos complementares
Bianca Santana
José Fernando Peixoto de Azevedo

Pai contra mãe

Machado de Assis

pinturas
Márcia Falcão

Cobogó

A ESCRAVIDÃO levou consigo ofícios e aparelhos, como terá sucedido a outras instituições sociais. Não cito alguns aparelhos senão por se ligarem a certo ofício. Um deles era o ferro ao pescoço, outro o ferro ao pé; havia também a máscara de folha de Flandres. A máscara fazia perder o vício da embriaguez aos escravos, por lhes tapar a boca. Tinha só três buracos, dois para ver, um para respirar, e era fechada atrás da cabeça por um cadeado. Com o vício de beber, perdiam a tentação de furtar, porque geralmente era dos vinténs do senhor que eles tiravam com

que matar a sede, e aí ficavam dois pecados extintos, e a sobriedade e a honestidade certas. Era grotesca tal máscara, mas a ordem social e humana nem sempre se alcança sem o grotesco, e alguma vez o cruel. Os funileiros as tinham penduradas, à venda, na porta das lojas. Mas não cuidemos de máscaras.

O ferro ao pescoço era aplicado aos escravos fujões. Imaginai uma coleira grossa, com a haste grossa também, à direita ou à esquerda, até ao alto da cabeça e fechada atrás com chave. Pesava, naturalmente, mas era menos castigo que sinal. Escravo que fugia assim, onde quer que andasse, mostrava um reincidente, e com pouco era pegado.

Há meio século, os escravos fugiam com frequência. Eram muitos, e nem todos gostavam da escravidão. Sucedia ocasionalmente apanharem pancada, e nem todos gostavam de apanhar pancada. Grande parte era apenas repreendida; havia alguém de casa que servia de padrinho, e o mesmo dono não era mau; além disso, o sentimento da propriedade moderava a ação, porque dinheiro também dói. A fuga repetia-se, entretanto.

Casos houve, ainda que raros, em que o escravo de contrabando, apenas comprado no Valongo, deitava a correr, sem conhecer as ruas da cidade. Dos que seguiam para casa, não raros, apenas ladinos, pediam ao senhor que lhes marcasse aluguel, e iam ganhá-lo fora, quitandando.

Quem perdia um escravo por fuga dava algum dinheiro a quem lho levasse. Punha anúncios nas folhas públicas, com os sinais do fugido, o nome, a roupa, o defeito físico, se o tinha, o bairro por onde andava e a quantia de gratificação. Quando não vinha a quantia, vinha promessa: "gratificar-se-á generosamente", ou "receberá uma boa gratificação". Muita vez o anúncio trazia em cima ou ao lado uma vinheta, figura de preto, descalço, correndo, vara ao ombro, e na ponta uma trouxa. Protestava-se com todo o rigor da lei contra quem o acoitasse.

Ora, pegar escravos fugidos era um ofício do tempo. Não seria nobre, mas por ser instrumento da força com que se mantêm a lei e a propriedade, trazia esta outra nobreza implícita das ações reivindicadoras. Ninguém se metia em tal ofício por desfastio ou estudo; a pobreza, a necessidade de uma achega, a inaptidão para outros trabalhos, o acaso, e alguma vez o gosto de servir também, ainda que por outra via, davam o impulso ao homem que se sentia bastante rijo para pôr ordem à desordem.

Cândido Neves – em família, Candinho – é a pessoa a quem se liga a história de uma fuga, cedeu à pobreza, quando adquiriu o ofício de pegar escravos fugidos. Tinha um defeito grave esse homem, não aguentava emprego nem ofício, carecia de estabilidade; é o que ele chamava caiporismo. Começou por querer aprender tipografia, mas viu cedo que era preciso algum tempo para compor bem, e ainda assim talvez não ganhasse o bastante; foi o que ele disse a si mesmo. O comércio chamou-lhe a atenção, era carreira boa. Com algum esforço entrou de caixeiro para um armarinho. A obrigação, porém, de atender e servir a todos feria-o na corda do orgulho, e ao cabo de cinco ou seis semanas estava na rua por sua vontade. Fiel de cartório, contínuo de uma repartição anexa ao ministério do império, carteiro e outros empregos foram deixados pouco depois de obtidos.

Quando veio a paixão da moça Clara, não tinha ele mais que dívidas, ainda que poucas, porque morava com um primo, entalhador de ofício. Depois de várias tentativas para obter emprego, resolveu adotar o ofício do primo, de que aliás já tomara algumas lições. Não lhe custou apanhar outras, mas, querendo aprender depressa, aprendeu mal. Não fazia obras finas nem complicadas, apenas garras para sofás e relevos comuns para cadeiras. Queria ter em que trabalhar quando casasse, e o casamento não se demorou muito.

Contava trinta anos, Clara vinte e dois. Ela era órfã, morava com uma tia, Mônica, e cosia com ela. Não cosia tanto que não namorasse o seu pouco, mas os namorados apenas queriam matar o tempo; não tinham outro empenho. Passavam às tardes, olhavam muito para ela, ela para eles, até que a noite a fazia recolher para a costura. O que ela notava é que nenhum deles lhe deixava saudades nem lhe acendia desejos. Talvez nem soubesse o nome de muitos. Queria casar, naturalmente. Era, como lhe dizia a tia, um pescar de caniço, a ver se o peixe pegava, mas o peixe passava de longe; algum que parasse, era só para andar à roda da isca, mirá-la, cheirá-la, deixá-la e ir a outras.

O amor traz sobrescritos. Quando a moça viu Cândido Neves, sentiu que era este o possível marido, o marido verdadeiro e único. O encontro deu-se em um baile; tal foi – para lembrar o primeiro ofício do namorado – tal foi a página inicial daquele livro, que tinha de sair mal composto e pior brochado. O casamento fez-se onze meses depois, e foi a mais bela festa das relações dos noivos. Amigas de Clara, menos por amizade que por inveja, tentaram arredá-la do passo que ia dar. Não negavam a gentileza do noivo, nem o amor que lhe tinha, nem ainda algumas virtudes; diziam que era dado em demasia a patuscadas.

– Pois ainda bem, replicava a noiva; ao menos, não caso com defunto.

– Não, defunto não; mas é que...

Não diziam o que era. Tia Mônica, depois do casamento, na casa pobre onde eles se foram abrigar, falou-lhes uma vez nos filhos possíveis. Eles queriam um, um só, embora viesse agravar a necessidade.

— Vocês, se tiverem um filho, morrem de fome – disse a tia à sobrinha.

— Nossa Senhora nos dará de comer – acudiu Clara.

Tia Mônica devia ter-lhes feito a advertência, ou ameaça, quando ele lhe foi pedir a mão da moça; mas também ela era amiga de patuscadas, e o casamento seria uma festa, como foi.

A alegria era comum aos três. O casal ria a propósito de tudo. Os mesmos nomes eram objeto de trocados, Clara, Neves, Cândido; não davam que comer, mas davam que rir, e o riso digeria-se sem esforço. Ela cosia agora mais, ele saía a empreitadas de uma coisa e outra; não tinha emprego certo.

Nem por isso abriam mão do filho. O filho é que, não sabendo daquele desejo específico, deixava-se estar escondido na eternidade. Um dia, porém, deu sinal de si a criança; varão ou fêmea, era o fruto abençoado que viria trazer ao casal a suspirada ventura. Tia Mônica ficou desorientada, Cândido e Clara riram dos seus sustos.

— Deus nos há de ajudar, titia – insistia a futura mãe.

A notícia correu de vizinha a vizinha. Não houve mais que espreitar a aurora do dia grande. A esposa trabalhava agora com mais vontade, e assim era preciso, uma vez que, além das costuras pagas, tinha de ir fazendo com retalhos o enxoval da criança. À força de pensar nela, vivia já com ela, media-lhe fraldas, cosia-lhe camisas. A porção era escassa, os intervalos longos. Tia Mônica ajudava, é certo, ainda que de má vontade.

– Vocês verão a triste vida – suspirava ela.

– Mas as outras crianças não nascem também? – perguntou Clara.

– Nascem, e acham sempre alguma coisa certa que comer, ainda que pouco...

– Certa como?

– Certa, um emprego, um ofício, uma ocupação, mas em que é que o pai dessa infeliz criatura que aí vem gasta o tempo?

Cândido Neves, logo que soube daquela advertência, foi ter com a tia, não áspero, mas muito menos manso que de costume, e lhe perguntou se já algum dia deixara de comer.

— A senhora ainda não jejuou senão pela semana santa, e isso mesmo quando não quer jantar comigo. Nunca deixamos de ter o nosso bacalhau...

— Bem sei, mas somos três.

— Seremos quatro.

— Não é a mesma coisa.

— Que quer então que eu faça, além do que faço?

— Alguma coisa mais certa. Veja o marceneiro da esquina, o homem do armarinho, o tipógrafo que casou sábado, todos têm um emprego certo... Não fique zangado; não digo que você seja vadio, mas a ocupação que escolheu é vaga. Você passa semanas sem vintém.

— Sim, mas lá vem uma noite que compensa tudo, até de sobra. Deus não me abandona, e preto fugido sabe que comigo não brinca; quase nenhum resiste, muitos entregam-se logo.

Tinha glória nisto, falava da esperança como de capital seguro. Daí a pouco ria, e fazia rir à tia, que era naturalmente alegre, e previa uma patuscada no batizado.

Cândido Neves perdera já o ofício de entalhador, como abrira mão de outros muitos, melhores ou piores.

Pegar escravos fugidos trouxe-lhe um encanto novo. Não obrigava a estar longas horas sentado. Só exigia força, olho vivo, paciência, coragem e um pedaço de corda. Cândido Neves lia os anúncios, copiava-os, metia-os no bolso e saía às pesquisas. Tinha boa memória. Fixados os sinais e os costumes de um escravo fugido, gastava pouco tempo em achá-lo, segurá-lo, amarrá-lo e levá-lo. A força era muita, a agilidade também. Mais de uma vez, a uma esquina, conversando de coisas remotas, via passar um escravo como os outros, e descobria logo que ia fugido, quem era, o nome, o dono, a casa deste e a gratificação; interrompia a conversa e ia atrás do vicioso. Não o apanhava logo, espreitava lugar azado, e de um salto tinha a gratificação nas mãos. Nem sempre saía sem sangue, as unhas e os dentes do outro trabalhavam, mas geralmente ele os vencia sem o menor arranhão.

Um dia os lucros entraram a escassear. Os escravos fugidos não vinham já, como dantes, meter-se nas mãos de Cândido Neves. Havia mãos novas e hábeis. Como o negócio crescesse, mais de um desempregado pegou em si e numa corda, foi aos jornais, copiou anúncios e deitou-se à caçada. No próprio bairro havia mais de um competidor. Quer dizer que as dívidas de Cândido Neves começaram de subir, sem aqueles pagamentos prontos ou quase prontos dos primeiros tempos. A vida fez-se difícil e dura. Comia-se fiado e mal; comia-se tarde. O senhorio mandava pelos aluguéis.

Clara não tinha sequer tempo de remendar a roupa ao marido, tanta era a necessidade de coser para fora. Tia Mônica ajudava a sobrinha, naturalmente. Quando ele chegava à tarde, via-se-lhe pela cara que não trazia vintém. Jantava e saía outra vez, à cata de algum fugido. Já lhe sucedia, ainda que raro, enganar-se de pessoa, e pegar em escravo fiel que ia a serviço de seu senhor; tal era a cegueira da necessidade. Certa vez capturou um preto livre; desfez-se em desculpas, mas recebeu grande soma de murros que lhe deram os parentes do homem.

— É o que lhe faltava! — exclamou a tia Mônica, ao vê-lo entrar, e depois de ouvir narrar o equívoco e suas consequências —. Deixe-se disso, Candinho; procure outra vida, outro emprego.

Cândido quisera efetivamente fazer outra coisa, não pela razão do conselho, mas por simples gosto de trocar de ofício; seria um modo de mudar de pele ou de pessoa. O pior é que não achava à mão negócio que aprendesse depressa.

A natureza ia andando, o feto crescia, até fazer-se pesado à mãe, antes de nascer. Chegou o oitavo mês, mês de angústias e necessidades, menos ainda que o nono, cuja narração dispenso também. Melhor é dizer somente os seus efeitos. Não podiam ser mais amargos.

– Não, tia Mônica! – bradou Candinho, recusando um conselho que me custa escrever, quanto mais ao pai ouvi-lo –. Isso nunca!

Foi na última semana do derradeiro mês que a tia Mônica deu ao casal o conselho de levar a criança que nascesse à Roda dos enjeitados. Em verdade, não podia haver palavra mais dura de tolerar a dois jovens pais que espreitavam a criança, para beijá-la, guardá-la, vê-la rir, crescer, engordar, pular... Enjeitar quê? Enjeitar como? Candinho arregalou os olhos para a tia, e acabou dando

um murro na mesa de jantar. A mesa, que era velha e desconjuntada, esteve quase a se desfazer inteiramente. Clara interveio:

— Titia não fala por mal, Candinho.

— Por mal? – replicou tia Mônica –. Por mal ou por bem, seja o que for, digo que é o melhor que vocês podem fazer. Vocês devem tudo; a carne e o feijão vão faltando. Se não aparecer algum dinheiro, como é que a família há de aumentar? E depois, há tempo; mais tarde, quando o senhor tiver a vida mais segura, os filhos que vierem serão recebidos com o mesmo cuidado que este ou maior. Este será bem criado, sem lhe faltar nada. Pois então a Roda é alguma praia ou monturo? Lá não se mata ninguém, ninguém morre à toa, enquanto que aqui é certo morrer, se viver à míngua. Enfim...

Tia Mônica terminou a frase com um gesto de ombros, deu as costas e foi meter-se na alcova. Tinha já insinuado aquela solução, mas era a primeira vez que o fazia com tal franqueza e calor – crueldade, se preferes. Clara estendeu a mão ao marido, como a amparar-lhe o ânimo; Cândido Neves fez uma careta, e chamou maluca à tia, em voz baixa. A ternura dos dois foi interrompida por alguém que batia à porta da rua.

– Quem é? – perguntou o marido.

– Sou eu.

Era o dono da casa, credor de três meses de aluguel, que vinha em pessoa ameaçar o inquilino. Este quis que ele entrasse.

– Não é preciso...

– Faça favor.

O credor entrou e recusou sentar-se; deitou os olhos à mobília para ver se daria algo à penhora; achou que pouco. Vinha receber os aluguéis vencidos, não podia esperar mais; se dentro de cinco dias não fosse pago, pô-lo-ia na rua. Não havia trabalhado para regalo dos outros. Ao vê-lo, ninguém diria que era proprietário; mas a palavra supria o que faltava ao gesto, e o pobre Cândido Neves preferiu calar a retorquir. Fez uma inclinação de promessa e súplica ao mesmo tempo. O dono da casa não cedeu mais.

– Cinco dias ou rua! – repetiu, metendo a mão no ferrolho da porta e saindo.

Candinho saiu por outro lado. Nesses lances não chegava nunca ao desespero, contava com algum empréstimo, não sabia como nem onde, mas contava. Demais, recorreu aos anúncios. Achou vários, alguns já velhos, mas em vão os buscava desde muito. Gastou algumas horas sem proveito, e tornou para casa. Ao fim de quatro dias, não achou recursos; lançou mão de empenhos, foi a pessoas amigas do proprietário, não alcançando mais que a ordem de mudança.

A situação era aguda. Não achavam casa, nem contavam com pessoa que lhes emprestasse alguma; era ir para a rua. Não contavam com a tia. Tia Mônica teve arte de alcançar aposento para os três em casa de uma senhora velha e rica, que lhe prometeu emprestar os quartos baixos da casa, ao fundo da cocheira, para os lados de um pátio. Teve ainda a arte maior de não dizer nada aos dois para que Cândido Neves, no desespero da crise, começasse por enjeitar o filho e acabasse alcançando algum meio seguro e regular de obter dinheiro; emendar a vida, em suma. Ouvia as queixas de Clara, sem as repetir, é certo, mas sem as consolar. No dia em que fossem obrigados a deixar a casa, fá-los-ia espantar com a notícia do obséquio e iriam dormir melhor do que cuidassem.

Assim sucedeu. Postos fora da casa, passaram ao aposento de favor, e dois dias depois nasceu a criança. A alegria do pai foi enorme, e a tristeza também. Tia Mônica insistiu em dar a criança à Roda. "Se você não a quer levar, deixe isso comigo; eu vou à rua dos Barbonos." Cândido Neves pediu que não, que esperasse, que ele mesmo a levaria. Notai que era um menino, e que ambos os pais desejavam justamente este sexo. Mal lhe deram algum leite; mas, como chovesse à noite, assentou o pai levá-lo à Roda na noite seguinte.

Naquela reviu todas as suas notas de escravos fugidos. As gratificações pela maior parte eram promessas; algumas traziam a soma escrita e escassa. Uma, porém, subia a cem mil-réis. Tratava-se de uma mulata; vinham indicações de gesto e de vestido. Cândido Neves andara a pesquisá-la sem melhor fortuna, e abrira mão do negócio; imaginou que algum amante da escrava a houvesse recolhido. Agora, porém, a vista nova da quantia e

a necessidade dela animaram Cândido Neves a fazer um grande esforço derradeiro. Saiu de manhã a ver e indagar pela rua e largo da Carioca, rua do Parto e da Ajuda, onde ela parecia andar, segundo o anúncio. Não a achou; apenas um farmacêutico da rua da Ajuda se lembrava de ter vendido uma onça de qualquer droga, três dias antes, à pessoa que tinha os sinais indicados. Cândido Neves parecia falar como dono da escrava, e agradeceu cortesmente a notícia. Não foi mais feliz com outros fugidos de gratificação incerta ou barata.

Voltou para a triste casa que lhe haviam emprestado. Tia Mônica arranjara de si mesma a dieta para a recente mãe, e tinha já o menino para ser levado à Roda. O pai, não obstante o acordo feito, mal pôde esconder a dor do espetáculo. Não quis comer o que tia Mônica lhe guardara; não tinha fome, disse, e era verdade. Cogitou mil modos de ficar com o filho; nenhum prestava. Não podia esquecer o próprio albergue em que vivia. Consultou a mulher, que se mostrou resignada. Tia Mônica pintara-lhe a criação do menino; seria maior miséria, podendo suceder que o filho achasse a morte sem recurso. Cândido Neves foi obrigado a cumprir a promessa; pediu à mulher que desse ao filho o resto do leite que ele beberia da mãe. Assim se fez; o pequeno adormeceu, o pai pegou dele, e saiu na direção da rua dos Barbonos.

Que pensasse mais de uma vez em voltar para casa com ele, é certo; não menos certo é que o agasalhava muito, que o beijava, que lhe cobria o rosto para preservá-lo do sereno. Ao entrar na rua da Guarda Velha, Cândido Neves começou a afrouxar o passo.

– Hei de entregá-lo o mais tarde que puder – murmurou ele.

Mas não sendo a rua infinita ou sequer longa, viria a acabá-la; foi então que lhe ocorreu entrar por um dos becos que ligavam aquela à rua da Ajuda. Chegou ao fim do beco e, indo a dobrar à direita, na direção do largo da Ajuda, viu do lado oposto um vulto de mulher; era a mulata fugida. Não dou aqui a comoção de Cândido Neves por não podê-lo fazer com a intensidade real. Um adjetivo basta; digamos enorme. Descendo a mulher, desceu ele também; a poucos passos estava a farmácia onde obtivera a informação, que referi acima. Entrou, achou o farmacêutico, pediu-lhe a fineza de guardar a criança por um instante; viria buscá-la sem falta.

– Mas...

Cândido Neves não lhe deu tempo de dizer nada; saiu rápido, atravessou a rua, até ao ponto em que pudesse pegar a mulher sem dar alarma. No extremo da rua, quando ela ia a descer a de S. José, Cândido Neves aproximou-se dela. Era a mesma, era a mulata fujona.

– Arminda! – bradou, conforme a nomeava o anúncio.

Arminda voltou-se sem cuidar malícia. Foi só quando ele, tendo tirado o pedaço de corda da algibeira, pegou dos braços da escrava, que ela compreendeu e quis fugir. Era já impossível. Cândido Neves, com as mãos robustas, atava-lhe os pulsos e dizia que andasse. A escrava quis gritar, parece que chegou a soltar alguma voz mais alta que de costume, mas entendeu logo que ninguém viria libertá-la, ao contrário. Pediu então que a soltasse pelo amor de Deus.

– Estou grávida, meu senhor! – exclamou –. Se Vossa Senhoria tem algum filho, peço-lhe por amor dele que me solte; eu serei sua escrava, vou servi-lo pelo tempo que quiser. Me solte, meu senhor moço!

– Siga! – repetiu Cândido Neves.

– Me solte!

– Não quero demoras; siga!

Houve aqui luta, porque a escrava, gemendo, arrastava-se a si e ao filho. Quem passava ou estava à porta de uma loja, compreendia o que era e naturalmente não acudia. Arminda ia alegando que o senhor era muito mau, e provavelmente a castigaria com açoutes – coisa que, no estado em que ela estava, seria pior de sentir. Com certeza, ele lhe mandaria dar açoutes.

– Você é que tem culpa. Quem lhe manda fazer filhos e fugir depois? – perguntou Cândido Neves.

Não estava em maré de riso, por causa do filho que lá ficara na farmácia, à espera dele. Também é certo que não costumava dizer grandes coisas. Foi arrastando a escrava pela rua dos Ourives, em direção à da Alfândega, onde residia o senhor. Na esquina desta a luta cresceu; a escrava pôs os pés à parede, recuou com grande esforço, inutilmente. O que alcançou foi, apesar de ser a

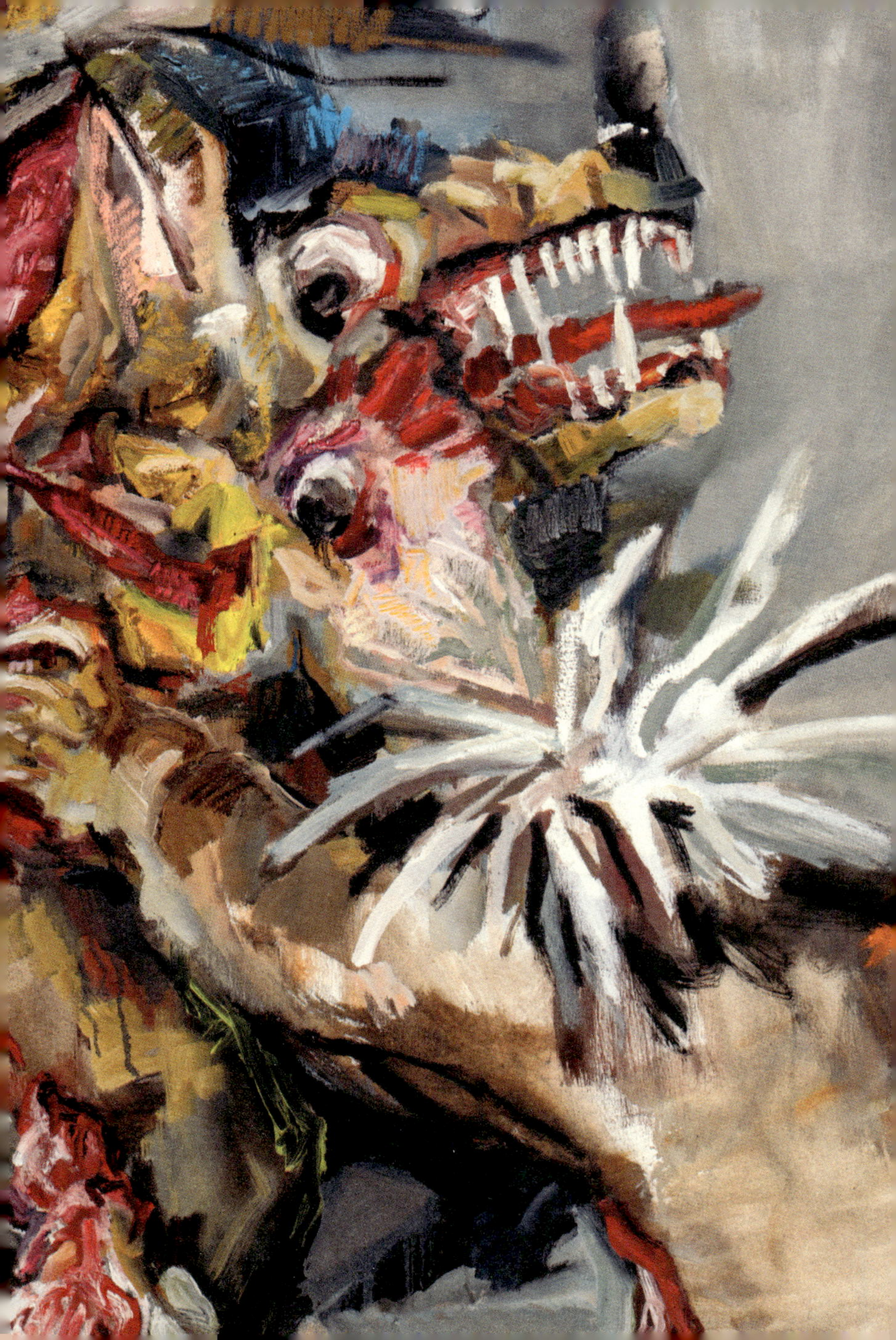

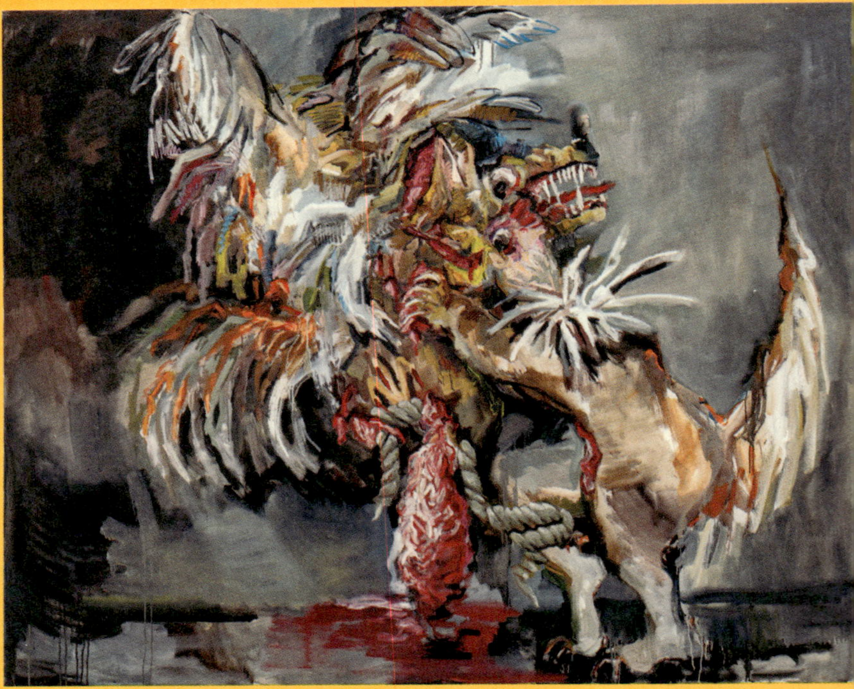

casa próxima, gastar mais tempo em lá chegar do que devera. Chegou, enfim, arrastada, desesperada, arquejando. Ainda ali ajoelhou-se, mas em vão. O senhor estava em casa, acudiu ao chamado e ao rumor.

— Aqui está a fujona — disse Cândido Neves.
— É ela mesma.
— Meu senhor!
— Anda, entra...

Arminda caiu no corredor. Ali mesmo o senhor da escrava abriu a carteira e tirou os cem mil-réis de gratificação. Cândido Neves guardou as duas notas de cinquenta mil-réis, enquanto o senhor novamente dizia à escrava que entrasse. No chão, onde jazia, levada do medo e da dor, e após algum tempo de luta a escrava abortou.

O fruto de algum tempo entrou sem vida neste mundo, entre os gemidos da mãe e os gestos de desespero do dono. Cândido Neves viu todo esse espetáculo. Não sabia que horas eram. Quaisquer que fossem, urgia correr à rua da Ajuda, e foi o que ele fez sem querer conhecer as consequências do desastre.

Quando lá chegou, viu o farmacêutico sozinho, sem o filho que lhe entregara. Quis esganá-lo. Felizmente, o farmacêutico explicou tudo a tempo; o menino estava lá dentro com a família, e ambos entraram. O pai recebeu o filho com a mesma fúria com que pegara a escrava fujona de há pouco, fúria diversa, naturalmente, fúria de amor. Agradeceu depressa e mal, e saiu às carreiras, não para a Roda dos enjeitados, mas para a casa de empréstimo, com o filho e os cem mil-réis de gratificação. Tia Mônica, ouvida a explicação, perdoou a volta do pequeno, uma vez que trazia os cem mil-réis. Disse, é verdade, algumas palavras duras contra a escrava, por causa do aborto, além da fuga. Cândido Neves, beijando o filho, entre lágrimas verdadeiras, abençoava a fuga e não se lhe dava do aborto.

– Nem todas as crianças vingam – bateu-lhe o coração.

O Estado contra pais e mães: ou até quando testemunharemos o genocídio negro?

Bianca Santana

Nem todas as crianças vingam. No fim do conto *Pai contra mãe*, Machado de Assis evocou (ao menos para mim) Esperança Garcia, pela segunda vez. Na primeira, logo no início do conto, afirmava que nem todas as pessoas escravizadas gostavam de "apanhar pancada". Esperança Garcia também escreveu sobre isso:

> [...] há grandes trovoadas de pancadas em um filho meu, sendo uma criança que lhe fez extrair sangue pela boca; em mim não posso explicar que sou um colchão de pancadas, tanto que caí uma vez do sobrado abaixo, peiada; por misericórdia de Deus escapei.[1]

O conto de Machado – e não apenas este – nos permite conhecer as contradições e complexidades do humano, sempre em emaranhada conexão com o ambiente social. "A escravidão", tempo-lugar de *Pai contra mãe* foi o tempo histórico, localização geográfica e lugar social habitado por Esperança Garcia, mulher negra, que viveu no Piauí na segunda metade do século XVIII. Escravizada, sabia ler, escrever e denunciou a situação de violência a que ela, seu filho e sua comunidade estavam submetidos.

Esperança Garcia, grávida, foi derrubada do segundo andar de um sobrado em uma das muitas vezes que sofreu violência física do chamado senhor. Arminda, personagem de Machado que condensa tantas Esperanças, abortou ao ser capturada e novamente jogada à escravidão.

No Brasil de 2022, quando leio pela primeira vez este conto, o direito legal ao aborto vem sendo atacado pela extrema direita. A mesma que defende a esterilização de mulheres negras e pobres,

---

[1] A carta de Esperança Garcia está disponível em: https://esperancagarcia.org/a-carta/.

a mesma que nem sequer menciona o assassinato de crianças: entre 2017 e 2021, 103 foram assassinadas só no Rio de Janeiro, 90% negras. A tentativa de controlar o corpo das mulheres é prioridade, e isso nada tem a ver com a defesa da vida ou das crianças.

A eliminação de indesejáveis, tanto pelas execuções como pelo abandono à morte, é política de inúmeros Estados, já nos mostraram Foucault, Sueli Carneiro, Achille Mbembe. No Brasil, pessoas negras, indígenas, trans são as encontradas pelas balas perdidas, as violadas a facadas e machadadas no campo, as excluídas de atendimento médico e saneamento básico. Alvos da política genocida do Estado, que faz vista grossa e garante impunidade a quem executar as mortes, sejam policiais militares ou Exército, sejam garimpeiro ou "cidadão do bem".

Anacrônica, imaginei Candinho garimpeiro. Perseguindo e assassinando indígena e quilombola para ganhar a vida no século XXI. O que não mudou de Machado para cá foi o sujeito social que sempre ganha: do proprietário de seres humanos do século XIX ao dono do garimpo hoje, quem se beneficia de pai contra mãe são os mesmos homens brancos ricos, nas palavras de Conceição Evaristo, os "donos de tudo".[2] Homens brancos que são também donos do Estado, que defendem um Estado mínimo na garantia de direitos, mas Estado máximo na propagação e no incentivo à violência contra os chamados outros.

Mas há quem afirme que genocídio é palavra demasiadamente forte. Mesmo sendo consenso internacional que o genocídio é o extermínio deliberado de pessoas motivado por diferenças étnicas, nacionais, raciais, religiosas e, por vezes, sociopolíticas. Mesmo que, no

---

2   Evaristo, Conceição. "Vozes-Mulheres", *Poemas da recordação e outros movimentos*, Belo Horizonte: Nandyala, 2008, pp. 10-1.

Brasil, o genocídio seja resultado do racismo e decorrência de quase 400 anos de escravização legal de pessoas negras e consequente desumanização de seus corpos. Mesmo que 75,5% das pessoas assassinadas a bala atualmente sejam negras, e que as perseguidas, capturadas – e muitas vezes perseguidoras e assassinas – no século XIX também fossem negras. Se o colonialismo belga inventou as etnias tutsi e hutu em Ruanda e ofereceu toda a condição para o genocídio tutsi, em 1994, no Brasil o colonialismo escravocrata colocou negros como capitães do mato e caçadores de escravizados fugidos no Brasil. Genocídio enfrentado de muitos modos, como a literatura de Machado (mesmo que este termo não componha o léxico de sua obra e essa noção seja também anacrônica a ela), no movimento negro, na arte negra contemporânea.

A máscara de folha de Flandres, explicada por Machado em *Pai contra mãe*, tinha ainda outra característica, além das descritas por Machado. A boca de quem era torturado por ela não estava fechada apenas pelo lado de fora, uma parte da máscara empurrava a língua para trás e impedia qualquer possibilidade de fala. Silenciamento imposto desafiado por Anastácia. Esta mulher negra escravizada e condenada a usar a máscara é tida como símbolo de resistência, como heroína e santa, por ter resistido aos martírios sofridos. A imagem tão popular (concebida no século XIX por Jacques Etienne Arago) da mulher escravizada com a máscara lhe tapando a boca rompeu fronteiras e tempos e hoje é conhecida em todo o país. Anastácia nos conta – e não nos deixa esquecer – sobre o absurdo da escravização por meio da imagem.

Esperança, Anastácia, Machado nos arrebatam em suas obras tornando visível, até mesmo escancarada, nossa violência racial e de gênero. Interrompê-la não é pauta identitária, é a chance de poderem vingar as crianças, tanto do pai como da mãe.

As formas do convívio

José Fernando Peixoto de Azevedo

> Eu me herdei.
> FIRMINO, negro, alforriado,
> vivendo nas ruas, personagem de
> *O nome do sujeito*, da Cia. do Latão.

UMA CENA MATRIZ

A teatralidade é, antes de mais nada, uma negociação que resulta algo disso que chamamos o olhar. Tal negociação conforma um duplo trabalho de composição: dar a ver e ver o dado, momentos às vezes simultâneos de uma operação que nem sempre é evidente naquilo que é visto. Olhamos e vemos, e um tanto do que vemos nomeamos invisível. Sim, a invisibilidade não é o nome de uma ausência – quase sempre, pelo contrário, o invisível é da ordem do excesso, a invisibilidade é um modo de ver. Há, portanto, todo um sistema de visibilidade que se desdobra em regimes de visualidade, com suas regras e operações específicas, e seus protocolos de visualização. Em nossos dias, um desses regimes é o ao vivo, que opera a captura do vivo e, seguindo protocolos de transmissão em rede, estabelece uma ética e uma política do *delay*: aqui, tudo que vemos já aconteceu, está acontecendo e ainda acontecerá, mas de um modo tal que, reprodutível, não cessa de acontecer. Quanto tempo dura morrer ao vivo?

Numa sociedade escravocrata, corpos escravizáveis são também corpos subordinados a uma *teatralidade do terror*,[1] forjada segundo

---

1 Tenho desenvolvido esse conceito em alguns textos, e é na obra de Machado de Assis que encontraremos a elaboração mais decisiva de seu funcionamento.

protocolos de naturalização, a produzir uma *corporidade* do objeto dado à violação, ao castigo, ao sofrimento, ao medo, à morte – e isso de maneira sempre visível, integrada à ordem das coisas, num regime de constante exposição.

Esse é, para mim, um elemento que toma o primeiro plano de *Pai contra mãe*, de Machado de Assis, e me devolve para o tempo presente, que é também um tempo de terror. Trata-se de uma cena de espancamento e captura de uma mulher negra na rua, uma mulher escravizada, em fuga, que, grávida, ainda assim resiste ao ataque de um pedestre, e, nesse combate de morte, é imediatamente assimilada à lógica de um sistema de visibilidade no interior do qual determinados corpos são apenas cadáveres adiados: "Houve aqui luta, porque a escrava, gemendo, arrastava-se a si e ao filho. Quem passava ou estava à porta de uma loja, compreendia o que era e naturalmente não acudia."

Trata-se de uma *cena de rua*,[2] uma cena matriz na qual Machado de Assis elabora algo de uma *teatralidade do linchamento*,[3] cuja repetição define o modo de integração do corpo negro que, nomeado quase sempre como invisível, torna-se visível segundo uma álgebra da supressão.

---

[2] A cena de rua é um modelo de teatralidade que aparece formulado de maneira emblemática num texto de Bertolt Brecht, "As cenas de rua", in *Estudos sobre teatro*, Rio de Janeiro: Nova Fronteira, p. 67, 1978. Um desdobramento do esquema apresentado por Brecht, ampliando a discussão para os aspectos da teatralidade contemporânea, de acordo com outros modelos de cena de rua, é elaborado por Helga Finter, considerando também os modelos de Antonin Artaud, Gertrude Stein, conforme aparece em seu ensaio "A teatralidade e o teatro. Espetáculo do real ou realidade do espetáculo? Notas sobre a teatralidade e o teatro recente na Alemanha", revista Camarim, número 39, 2007.

[3] Cf. José de Souza Martins, *Linchamentos: Justiça popular no Brasil*, São Paulo: Contexto, 2015.

NORMAS DO CONVÍVIO: AS DUAS ORDENS

O conto é em tudo exemplar. Muito se escreveu sobre esse texto, desde a crítica literária até os debates jurídicos; peças de teatro e filmes o tomaram com o material.[4] A cada retomada, a leitura inaugura uma outra compreensão acerca de nossa sociabilidade.

No conto, em regulação recíproca, ordem e desordem configuram o funcionamento de uma sociedade travada entre a cartola burguesa e a chibata patriarcal. Estando o mundo do trabalho quase restrito ao âmbito da escravidão, nossa modernidade engendrou-se na forma de uma aberração que, no entanto, qualificava o modelo. A convivência entre a dissimulação burguesa e o fato oligárquico não é uma mera disparidade, mas condição mesma de nossa inserção no tempo, sendo colônia e escravidão os pressupostos encobertos de uma certa modernidade, termos subsistentes de uma outra dialética do esclarecimento. Sabemos as consequências ideológicas de tal ambivalência[5] e o que significou para a nossa história a transação de contrários que aqui participam e integraram a assim chamada formação de nossa fisionomia social.[6]

---

4   São muitos os estudos acadêmicos sobre o conto, desde a crítica literária até o campo jurídico. Já no teatro, ele foi material para peças como *Mercado de fugas* (2000), do Teatro de Narradores; *Nonada* (2006), da Companhia do Feijão; *Nem todo filho vinga*, Cia. Cria do Beco/Maré (2022); *Você está me ouvindo? ou Pai contra mãe*, do Coletivo Negro (2022). Em 2016, a Cia. Fusion de Danças Urbanas, de Belo Horizonte estreou sua adaptação. Foi, ainda, adaptado para o cinema em *Quanto vale ou é por quilo?* (2005), de Sérgio Bianchi.
5   Cf. Roberto Schwarz, "As ideias fora do lugar", in *Ao vencedor as batatas: Forma literária e processo social nos inícios do romance brasileiro*, São Paulo: Livraria Duas Cidades, 1992.
6   Paulo E. Arantes, *Sentimento da dialética na experiência intelectual brasileira (dialética e dualidade segundo A. Candido e R. Schwarz)*, São Paulo: Paz e Terra, 1992.

Ocorre que entre o proprietário e o escravo havia o homem branco livre e pobre: este, impossibilitado de participar integralmente do mundo da ordem, sem ter o quê, mas, em princípio, resguardado de não estar originariamente inscrito no *não ser* da escravidão, resignado à miséria, transitava entre um polo e outro, quase sempre condenado *a não escolha*.[7]

"A escravidão levou consigo ofícios e aparelhos, como terá sucedido a outras instituições sociais." E teria sido assim? A escravidão, *instituição* social, menos contraposta do que pressuposto de um mundo de "ofícios e aparelhos", extinta, teria levado com ela aquele mundo e suas tecnologias? Intuímos uma temporalidade estranha, dois fusos em convivência estrutural e estruturante, tanto na obra como na sociedade.

Ora, o narrador de *Pai contra mãe* toma distância no tempo para apresentar-nos um mundo supostamente caduco. Saber em que medida a distância garante a integridade do ponto de vista ou resulta apenas cinismo é um problema, mas, digamos, esse problema organiza o texto.

Ocorre que esse mesmo narrador encena a naturalidade de tais relações, não se inserindo, porém, sem certo constrangimento naquele mundo estranhamente ordenado: "Não cito alguns aparelhos senão por se ligarem a certo ofício." A dimensão citável dessa "tecnologia" engendrada no bojo de tais relações não seria possível sem a sua naturalização, ou, por outra, sem o reconhecimento de

---

7   Seguiremos os esquemas de Candido, Antonio. "Dialética da malandragem", in *O discurso e a cidade*, São Paulo: Livraria Duas Cidades, 1993, e, ainda, Roberto Schwarz, "Pressupostos, salvo engano, de 'Dialética da malandragem'", in *Que horas são?*, São Paulo: Companhia das Letras, 1987.

alguma legitimidade conferida às práticas correspondentes. Desse narrador, a escravidão, que parece distante, educou, todavia, o olhar e o discurso, fazendo da narração uma espécie de arqueologia, uma recensão didática e com certa autoridade, só visível em alguém portador de uma certa experiência.

E veja que para falar acerca de certo ofício (mundo do trabalho livre?) faz-se necessário repor o que está em sua base. Com efeito, a escravidão é apresentada pelo narrador de maneira estática, naturalizada, fixada no tempo, como inevitável, um dado que se deve considerar. À violência da imagem da máscara de folha de Flandres, por exemplo, é contraposta então uma moral que, por ser inquestionável, qualifica o inominável. A função moralizante da violência, seu componente, por assim dizer, civilizatório, está inscrito no seio da instituição escravidão, que tem recursos e meios que lhe garantem eficácia, já que é toda uma sociedade que desta depende. Por sua vez, essa moral tem seu preço, moeda de dupla face: "Com o vício de beber, perdiam a tentação de furtar, porque geralmente era dos vinténs do senhor que eles tiravam com que matar a sede, e aí ficavam dois pecados extintos, e a sobriedade e a honestidade certas."

Vício e tentação de um lado, dinheiro e correção do outro: escravos e senhores bipartindo o mundo, ele mesmo bidimensional, de uma sociedade que funda sua moralidade universalizante no particularismo equívoco da prática desumana da escravidão. Bêbados, dados ao furto, ao pecado, os escravizados formam a imagem em negativo dos proprietários, portadores da sobriedade e da honestidade tão conhecida por nós brasileiros... De um lado e de outro, coisas tão certas quanto estáticas, compondo a ideologia que sedimenta, à maneira de uma insuspeitada unidade, as formas do convívio entre nós. Aqui, a violência tem valor de correção, portadora que é do universal: "Era grotesca tal máscara, mas a ordem social e humana nem sempre se alcança sem o grotesco, e alguma vez o cruel." O grotesco e o cruel passam então a ser signos da ordem social e humana. Violência e comércio se encontram e se complementam: "Os funileiros as tinham penduradas, à venda, na porta das lojas."

"Mas não cuidemos de máscaras", dirá o narrador. Desvio fundamental para trazer-nos ao chão das coisas: "O ferro ao pescoço era aplicado aos escravos fujões." Assim, temos notícia da utilidade de um outro aparelho. Sua aplicação concerne também aos intuitos civilizatórios de um lado e à afirmação da ordem de outro. O objeto, descrito em pormenor, ocupa uma cena encarnada. Cruel como a máscara, o ferro "pesava, naturalmente, mas era menos castigo que sinal. Escravo que fugia assim, onde quer que andasse, mostrava um reincidente, e com pouco era pegado". Tudo indica, fazia parte da paisagem social o negro fugido, que é também um foragido. Se a primeira tentativa de fuga não o levava até outro lugar, convertido em reincidente, com "uma coleira grossa, com a haste grossa também à direita ou à esquerda, até o alto da cabeça e fechada atrás com chave, era pegado, capturado".

Há na fuga toda uma política, e a pancada é proporcional à ameaça que representa. Violência amenizada apenas por uma outra dor, a do valor – "porque dinheiro também dói". Mas essa não seria a única modalidade desse comércio dos contrários:

> A fuga repetia-se, entretanto. Casos houve, ainda que raros, em que o escravo de contrabando, apenas comprado no Valongo, deitava a correr, sem conhecer as ruas da cidade. Dos que seguiam para casa,

não raro, apenas ladinos, pediam ao senhor que lhes marcasse aluguel, e iam ganhá-lo fora, quitandando.

Como indica o narrador, desde o início, o mundo do homem livre e pobre também é conformado por essa rotina, na medida mesma em que ofícios a ela se ligam. Assim como há todo um comércio especializado no policiamento e na punição aos escravos, como a confecção e venda de aparelhos de tortura (o ferro, a máscara). Os fugidos, os cativos, vivem sob estado de polícia – para esses, a lei é a da exceção. No plano dessa ordem esfarelada emerge uma figura marcada por um senso de irrelevância, que é no fundo a face crua de uma violência de mão dupla, que tomará, tanto no conto como na História, proporções que conhecemos.

MERCADO DE FUGAS

> Quem perdia um escravo por fuga dava algum dinheiro a quem lho levasse. Punha anúncios nas folhas públicas, com os sinais do fugido, [...] vinha promessa: "gratificar-se-á generosamente", ou "receberá uma boa gratificação".

Pelo que se vê, há todo um sistema integrado legitimando as práticas de exclusão, que são, no fundo, aquelas práticas de manutenção da ordem. Estamos ainda no plano das equivalências de que falávamos acima. O jugo e o desmando, por assim dizer, abarcando a totalidade das relações. Dinheiro, instâncias públicas, leis, vigilância, conivência. Configura-se o que chamo de *mercado de fugas*, em que homens se apegam ao ofício da captura de fugidos. Recompensa financeira, e talvez não só esta, como promessa de integrar, ainda que parcialmente, todo um contingente de homens livres, desocupados e miseráveis.[8]

A normalidade implica recursos próprios. O fugido desavisado não tem chance de escapar à própria sina, vítima dos sinais que lhe são inscritos no corpo, conforme a uma teatralidade no interior da qual sua personalidade e sua psicologia estão reduzidas às cicatrizes que guarda na pele. Estabelecido o sistema de gratificações, seus agentes policiam a ordem, apartando-se provisoriamente de sua condição (a de miseráveis), sempre à beira da desordem. Aqui, todo preto é suspeito. "Ofício do tempo", pegar escravos era uma prática aceita, e trazia no seu bojo algumas garantias, ainda que precárias e provisórias. Não propriamente redentora ou portadora de reconhecimento, era, contudo, "instrumento da força com que se mantém a lei e a propriedade". *Força*, aqui, não é qualquer uma, pois já conhecemos o "elemento civilizador" que contém.

Ninguém se metia em tal ofício por desfastio ou estudo; a pobreza, a necessidade de uma achega, a inaptidão para outros trabalhos, o acaso, e alguma vez o gosto de servir também, ainda que por outra via, davam o impulso ao homem que se sentia bastante rijo para por ordem à desordem.

---

8   Sobre a situação do homem livre: Maria Sylvia de Carvalho Franco, *Homens livres na ordem escravocrata*, São Paulo: Kairós, 3ª edição, 1983. Jacob Gorender, *Escravismo colonial*, São Paulo: Editora Ática, 1980, particularmente a "Quinta Parte". Lúcio Kowarick, *Trabalho e vadiagem: A origem do trabalho livre no Brasil*, São Paulo: Paz e Terra, 1994, particularmente pp. 65-100.

Assim se delimita uma inclinação até certo ponto desprovida de cálculo ou indignação; o pano de fundo, que lhe dá as cores, é a miséria. Numa sociedade em que o mundo do trabalho se confunde com escravidão, o *desamor do trabalho*[9] resulta uma atitude não consciente, porém expansiva, característica mesma do modo de ser daquele homem livre: o trabalho como expressão dinâmica do progresso não lhe diz respeito na medida mesma em que a escravidão lhe aparece apenas como metro que lhe confirma, ainda que em limites estreitos, o estatuto de homem, e homem livre. Mão de obra sem especialidade, ao mesmo tempo à deriva e participante da ordem social, não chega, contudo, a integrá-la efetivamente. No caso, braço rijo de uma ordem que lhe manterá à margem, mas como barreira (policial e ideológica) a uma possível confusão entre as partes de uma sociedade definida pela fratura.

Pai contra mãe narra a história de Cândido Neves. Pessoa que "cedeu à pobreza, quando adquiriu o ofício de pegar escravos fugidos". Entre "ceder à pobreza" e a escravidão, sob a aparência de contradição, termos interdependentes de uma dinâmica social, "ofício", aqui não implica emprego certo, o que nos coloca no plano de uma economia informal. Sem vínculos institucionais, a prática sem garantias ou estabilidade desse justiceiro da ordem pressupunha a existência da verdadeira instituição nacional.

9   Estamos aqui generalizando a expressão empregada por Antonio Candido, em *Os parceiros do Rio Bonito,* São Paulo: Livraria Duas Cidades, 2ª edição, 1971, particularmente pp. 79-87.

Não afeito a qualquer outro ofício que exigisse o vínculo, e isso por índole e (falta de) habilidade refratárias a tais normas, Cândido tentou a tipografia, o comércio, o ofício de cartório, o serviço público. Vemos sua passagem pelas diversas esferas da ordem, do público ao privado, sem, contudo, ater-se aos esforços de integração. De um lado, o desejo de "ganhar o bastante", de outro, a recusa da "obrigação de atender e servir a todos". Dono de um orgulho que lhe forma a personalidade e o caráter, "por sua vontade" dessolidarizava-se das prerrogativas do progresso, qualificando sua liberdade por critérios alheios à ideologia burguesa. O que não significa que, em alguma medida, as promessas do progresso não lhe aparecessem como desejáveis, apenas por demais condicionadas ao sacrifício. Tudo se passa como se, preso a um querer sem decisão, ajudasse a desenhar o percurso de uma exclusão para a qual era cego, já que esta configurava um processo cuja dimensão lhe escapava. Para Cândido, toda norma é externa, exterioridade essa que, no entanto, a condiciona.

É IMPOSSÍVEL APRENDER, OU O COMPLEXO DE CANDINHO

Mas Cândido ama e casa, e seu amor não exclui as exigências burguesas do sentimento. Quem casa quer casa, estabilidade, filhos, futuro. Atado ao presente, seu cotidiano, contudo, está desprovido de continuidade e acúmulo a que tanto prezam aqueles que querem "progredir na vida". Homem de 30 anos, casado com Clara, que tem 22, ganha do matrimônio a tia da moça, Mônica, e, com ela, a exigência de aprumar-se. As reticências da tia com relação ao casamento são ao fim desconsideradas por Clara, que via no rapaz a promessa de uma felicidade com ares de folhetim. E tudo ocorre não sem festas e vizinhos, o que define um certo convívio de comunidade.

Tensão no interior da trama, veremos como o senso de realidade da tia pressupunha um cálculo cujo limite estava na própria condição de mulher. Na sequência, com a gravidez de Clara, Cândido terá de se haver com a situação, de modo que nem a comida nem a moradia lhes faltem: matrimônio e propriedade consentiam um vínculo não correspondido, o que só faz agravar a situação do casal.

Como o negócio das fugas tendia à crise, já que se tornou um ofício de muitos, e os escravos, com o tempo avisados dos perigos, reinventavam suas práticas de fuga, Cândido se deixa levar por um processo aparentemente irrefreável, num "mercado" de trabalho informal, abarrotado de miseráveis à procura do mesmo – o mínimo para a sobrevivência. O que nos evidencia um constante processo de pauperização de uma parte cada vez maior da sociedade, de tal modo que a distância entre o homem branco livre pobre e o negro escravizado, que é de grau, é também cada vez mais transparente: Cândido e Clara Neves são brancos desde os nomes. A miséria de Cândido, todavia, do mínimo reduz-se à falta total: sem o de comer, beber, onde morar, acresce a isso um filho.

O narrador, em sua ambivalência, não pode aceitar o conformismo do homem, mas o discurso não o modifica, uma vez que, não esqueçamos, tudo isso é apresentado como uma história do passado. Mas o teor melodramático da trajetória de Candinho desdobra-se em vivências desprovidas de aprendizado. Essa dimensão aqui vazia, que pressuporia exatamente o acúmulo e o discernimento, é ausente, ou melhor, resulta o lugar vazio de um processo que, por isso mesmo, afirma espoliação e exclusão.

A trama se adensa quando, diante da gravidade da situação, o que era uma ameaça converte-se em última alternativa. A miséria terminal não comporta mais um, e o filho, que deveria ser a alegria da casa, será deixado na Roda dos enjeitados. A miséria, que desenha os contornos da ordem, confina suas vítimas às bordas do sistema que, no entanto, não pode simplesmente extirpá-la.[10]

O nascimento do filho traz consigo o desalento do abandono inevitável. Cândido sai pelas ruas da cidade, em direção à Roda, com o bebê ao colo. A paisagem o ignora; em certo sentido, pai e filho integram-na entre os desvalidos que lhe dão a dúbia consistência. Na cidade do Rio de Janeiro, sede do Império, núcleo de contradições radicalizadas numa cidade aberta ao tempo, entre largos e ruas, becos e ruelas, vemos o percurso da negligência.

Mas o acaso tem seus agentes, e num dos becos Cândido avista o vulto de uma mulher que, pelos traços, seria a mesma negra fugida segundo um anúncio que anotara, promessa de dinheiro (e, no caso, de salvação do filho, ou de sua integridade de pai).

A captura será violenta, mas rápida, embora não sem luta. "A escrava quis gritar, parece que chegou a soltar alguma voz mais alta que de costume, mas entendeu logo que ninguém viria libertá-la, ao contrário." Ocorre que a mulher estava grávida, o que dá à violência uma cor própria. "Ninguém viria libertá-la", como ninguém ajudaria ele, Cândido, senão ele mesmo, naquele momento,

---

10 Sobre a questão, abarcando situação não urbana, cf. Maria Sylvia de Carvalho Franco, op. cit. De maneira mais próxima ao nosso tema, cf. os textos de Roberto Schwarz, em particular seu ciclo machadiano, primeira parte op. cit. e, ainda, *Um mestre na periferia do capitalismo: Machado de Assis,* São Paulo: Livraria Duas Cidades, 1991 e, do mesmo, *Duas meninas,* São Paulo: Companhia das letras, 1997.

numa oportunidade única. Ele, numa reviravolta que não é apenas literária, estava agora garantido pela ordem, que até ali o condenava. A frieza e a violência de Cândido não se reduzem, aqui, a um problema ético – nesses termos, a ética não deixa de ser um problema social, econômico.

A escrava, para o pai de família em vias de se redimir da própria condição, é culpada por "fazer filhos e fugir depois". Em meio a luta e gritos, o corpo da mulher grávida era arrastado pelas ruas. Ainda uma vez: "Quem passava ou estava à porta de uma loja compreendia o que era e naturalmente não acudia." Este o sentido da ordem. Arrastada pela cidade, a mulher perde forças e, ao fim, diante do proprietário (seria ele o pai da criança?), sangra, enquanto Cândido, que assiste ao aborto, é recompensado. O moço cumpriu seu dever de quase polícia, garantindo a ordem e a propriedade, salvando o filho e a integridade familiar.

Ocorre que a História não avisa, não antecipa os fatos. A recompensa não é ilimitada, e com ela nenhuma garantia virá. Qual o destino desses homens, que salvam a si e suas famílias às custas da liberdade, da morte de outros, sem, contudo, escapar à miséria, nem sempre relativa? Não será esse o dado que alimentaria o ponto de vista do narrador, em 1906, "cinquenta anos depois" do episódio narrado?

Ao fim, com o filho salvo pelo dinheiro conquistado, ele deixa seu coração falar: "Nem todas as crianças vingam, bateu-lhe o coração." Ora, nesse *nem todas* Machado de Assis faz emergir a fisionomia de um brasileiro médio. Sob o signo de uma dessolidariedade estrutural e estruturante, a sociedade brasileira se forja, regida pela lógica revanchista de um *inconsciente escravocrata*. *Complexo de Candinho* é como eu chamo essa forma de conduta, antes como agora, sob uma lógica que rege as ações do ressentimento, explicitando algo que está no cerne de nossa formação, antes de mais nada, pautada pela violência e supressão e que tem na interrupção e no apagamento do outro seus aspectos mais decisivos.

AQUELE QUE NARRA

"Nem todas as crianças vingam." Essa a frase decisiva de Cândido, que lhe confirma, no resguardo das lágrimas, a provisoriedade de uma suposta estabilização. Alienação total em meio a um processo contínuo de destituição. Sem a perspectivação do narrador, a trajetória de Cândido Neves seria reduzida a um melodrama, o que não a tornaria por isso falsa. Ocorre que a fala do narrador, que se quer ao mesmo tempo distante e irônico em relação ao que diz, apoiada em seu tom documental, ganha ares de objetividade precisamente ali onde falseia. Descreve, por assim dizer, um processo que põe em movimento a ficção e estrutura de tal modo os dados e sua dicção, fazendo perceber uma correspondência – avisados que estamos do que seja o processo de formação de nossa sociedade – entre tal estrutura ficcional e a estrutura social.

Daí a inscrição problemática do narrador. Sua suposta distância e duvidosa neutralidade explicitam o ponto de vista do qual devemos suspeitar. Ajuste de contas histórico, o cinismo do narrador, calibrado pela trajetória que narra, desdobra-se para o leitor em denúncia, não apenas de fatos, mas, antes, de um ponto de vista, que se evidencia momento de uma dinâmica, dando a ver o teor de verdade da dimensão vazia do aprendizado (nunca efetivo), conformada pelo tom melodramático, este também calibrado socialmente.

Quando lemos, ao fim, a fala de Cândido, reatamos com o início da narrativa. Há uma dupla coordenação entre a fala de Cândido, que condena a escrava, mas que à custa do aborto desta salvou o seu, e a perspectiva do narrador, que condena não apenas a escrava, mas também o próprio Cândido, com uma diferença: a utilidade relativa de Cândido está em seu gesto final, que faz manter a ordem, na ilusão de dela participar – ou melhor, dela participando segundo regras que fazem da exclusão um modo perverso de participação desde a fronteira nada invisível, porque definida nos corpos, entre a ordem e a desordem.

A fala de Cândido, isoladamente, é destituída de sentido. No conjunto, tem seu sentido roubado. Esse sentido, arrancado a uma experiência vazia, da qual nada se tira ou aprende, é encarnado na irrelevância que o constitui e conforma uma experiência geral: de uma sociedade que, incapaz de aprender com a própria história, sobrevive numa dinâmica sempre repetida de exclusão e contenção. Entre a ordem e a desordem permanecem os deserdados das promessas de inclusão.

Machado de Assis, jornalista, contista, cronista, romancista, poeta e teatrólogo, nasceu no Morro do Livramento, no Rio de Janeiro, em 21 de junho de 1839, e faleceu na mesma cidade em 29 de setembro de 1908. Publicou seu primeiro livro de poemas, *Crisálidas*, em 1864 e seu primeiro romance, *Ressurreição*, em 1872. Mantinha forte colaboração com jornais e revistas da época, como *O Cruzeiro*, *A Estação* e *Revista Brasileira*, nos quais publicava crônicas, contos, romances e poemas, que vinham a público em forma de folhetim antes de serem publicados em livros. Assim, saíram as primeiras versões de *A mão e a luva* (1874), *Memórias póstumas de Brás Cubas* (1880), *Quincas Borba* (1886-1891), entre outros. Em 1881, publicou em livro *Memórias póstumas de Brás Cubas*, inaugurando assim sua fase realista, a qual inclui suas obras mais conhecidas: *Quincas Borba*, *Dom Casmurro*, *Esaú e Jacó* e *Memorial de Aires*. Em 1897, foi eleito presidente da Academia Brasileira de Letras, cargo que ocupou por mais de dez anos. A instituição que Machado ajudara a fundar no ano anterior ficou conhecida como Casa de Machado de Assis. Em 1906, publicou o livro de contos e peças teatrais *Relíquias da casa velha*, no qual se encontra "Pai contra mãe".

Em 2020, a Editora Cobogó publicou uma edição especial de seu livro *O alienista*, ilustrada por obras da artista Rivane Neuenschwander.

Márcia Falcão nasceu no Rio de Janeiro em 1985, foi criada no bairro de Irajá e vive e trabalha no subúrbio carioca. Partindo da própria experiência, as pinturas figurativas da artista apresentam expressivas representações do corpo feminino, sublinhando a complexidade do contexto social em que este se encontra inserido, atravessado por uma paisagem dubiamente bela e violenta. O feminino, a maternidade, os padrões de beleza e a violência de gênero são temas recorrentes que perpassam suas telas, marcadas pelo gesto e pela fisicalidade.

Em 2022, a artista apresentou sua primeira exposição individual em São Paulo, na Fortes D'Aloia & Gabriel, um desdobramento da mostra ocorrida na Carpintaria, no Rio de Janeiro, em 2021. Entre suas principais exposições coletivas destacam-se: Parábola do Progresso (2022), Sesc Pompeia, São Paulo; MAR + Enciclopédia Negra (2022), Museu de Arte do Rio (MAR), Rio de Janeiro; Crônicas Cariocas (2021), Museu de Arte do Rio (MAR), Rio de Janeiro; Engraved into the Body (2021), Tanya Bonakdar Gallery, Nova York, entre outras.

A série de pinturas que ilustrou este livro foi executada especialmente para esta edição de *Pai contra mãe*.

Bianca Santana é doutora em Ciência da Informação pela Escola de Comunicações e Artes da Universidade de São Paulo (USP), escritora e jornalista. É autora dos livros *Quando me descobri negra* (2015), *Continuo preta: A vida de Sueli Carneiro* (2021) e *Arruda e guiné: Resistência negra no Brasil contemporâneo* (2022).

José Fernando Peixoto de Azevedo é dramaturgo, roteirista, diretor de teatro e cinema, curador e professor da Escola de Arte Dramática da Universidade de São Paulo (EAD/ECA-USP). É coordenador da coleção Encruzilhada (Cobogó), que publica autores que refletem o presente lançando luz sobre o antirracismo, os feminismos e o pensamento em perspectiva crítica negra.

Legendas das obras de Márcia Falcão

[capa, pp. 6-7, 8]
Balança da fome, 2022
Óleo sobre tela
30,5 × 40 cm

[p. 12]
Seja isca, 2022
Óleo e pastel oleoso
sobre tela
40 × 30,5 cm

[p. 13]
Sendo isca, 2022
Óleo sobre tela
160 × 120 cm

[pp. 19, 20-1]
A roda, 2022
Óleo e pastel oleoso
sobre tela
160 × 120 cm

[pp. 25, 26-7]
A fuga do Valongo, 2022
Óleo, pastel oleoso, carvão
e lápis sobre tela
120 × 160 cm

[pp. 30-1]
Aborto a portas fechadas, 2022
Óleo e pastel oleoso sobre tela
100 × 120 cm

[pp. 34-5, 36]
A ferro, fogo e memória, 2022
Óleo e pastel oleoso sobre tela
160 × 120 cm

[pp. 41, 42]
A rinha, 2022
Acrílica, óleo e pastel oleoso
sobre tela
180 × 220 cm

© Editora de Livros Cobogó, 2022

Editora-chefe
ISABEL DIEGUES

Edição
AÏCHA BARAT

Gerente de produção
MELINA BIAL

Revisão final
EDUARDO CARNEIRO

Projeto gráfico
BLOCO GRÁFICO

Tratamento de imagens
CARLOS MESQUITA

Fotografia
EDUARDO ORTEGA

Agradecimento
FORTES D'ALOIA & GABRIEL

2022
1ª edição

CIP-BRASIL. CATALOGAÇÃO NA PUBLICAÇÃO
SINDICATO NACIONAL DOS EDITORES
DE LIVROS, RJ

A866p

Assis, Machado de, 1839-1908
Pai contra mãe / Machado de Assis; textos complementares Bianca Santana, José Fernando Peixoto de Azevedo; ilustração Márcia Falcão. – 1. ed. – Rio de Janeiro: Cobogó, 2022.
72 pp.; 19 cm.

ISBN 978-65-5691-088-8

1. Contos brasileiros. I. Santana, Bianca. II. Azevedo, José Fernando Peixoto de. III. Falcão, Márcia. IV. Título.

22-80416   CDD: 869.3   CDU: 82-34(81)

Gabriela Faray Ferreira Lopes – Bibliotecária – CRB-7/6643
05/10/2022   11/10/2022

Nenhuma parte desta obra pode ser reproduzida, adaptada, encenada, registrada em imagem e/ou som, ou transmitida de nenhuma forma ou por nenhum meio, sem a permissão expressa e por escrito da Editora Cobogó.

Todos os direitos reservados à
Editora de Livros Cobogó Ltda.
Rua Gen. Dionísio, 53, Humaitá
Rio de Janeiro, RJ, Brasil – 22271-050
www.cobogo.com.br

Este livro foi composto com as fontes Signifier e Euclid.
Impresso pela Leograf sobre papel Pólen Bold 90g/m²
para a Editora Cobogó.